KB071156

히말라야 짐꾼

히말라야 짐꾼

—

초판 1쇄 2016년 10월 7일
지은이 김영재
펴낸이 김영재
펴낸곳 책만드는집

—

주소 서울 마포구 양화로3길 99 4층 (04022)
전화 3142-1585·6
팩스 336-8908
전자우편 chaekjip@naver.com
출판등록 1994년 1월 13일 제10-927호
ⓒ 김영재, 2016

—

ISBN 978-89-7944-579-4 (04810)
ISBN 978-89-7944-513-8 (세트)

한국의 단시조
014

히말라야 짐꾼

김영재 시집

책만드는집

길 위에서 만난 풍경들을 단시조 속으로 불렀다. 먼 길 떠나려면 준비를 세세하게 해야 하는데 미적대다 떠나는 모양새가 되었다. 그래도 길을 떠나야 했고, 어설픈 행장으로 세상 속으로 걸었다.

느린 걸음으로 세상의 이곳저곳을 구경하면서 사람들이 시조를 더 많이 읽고 사랑할 수 있도록 쉼 없이 시조를 쓸 것이다.

－2016년 9월

김영재

| 차례 |

1부

2부

3부

4부

5부

1부

히말라야 짐꾼

제 몸의 무게보다

큰 짐을 지고 가는

네팔 친구 할리는

아이가 다섯이다

하루에 일만 원 벌어

다섯 아이 지고 간다

문상객 없는 봄밤

조등은 아예 없다

별 뜨면 찾아오렴

목련꽃 하얀 살결

밤에 와서 한번 보렴

빈손에 꽃이 지는데

어찌 아니 오겠니

쌍계사에서

바람에 흔들리는
대나무는 君子다

흔들리지 않으면
바람이 무안해진다

가던 길 잠시 멈추고

나도 조금

흔들린다

눈물의 힘

떠나라 그대 떠나서
그쯤에서 걷는 일

걸어왔던 먼 길을
혼자서 돌아보라

벼랑도 그리울 것이니

참았던 눈물 힘이 되리니

순간

당신이 나에게 온

흔들, 바람이라면

나는 당신 앞에서

피어나는 꽃이다

피었다

순간에 진들

어찌 꽃이 아니랴

쪽달

들오리 떼 줄지어 해 지는 西으로 간다

울음소리 함께 갔는지 사방이 어둡다

떠날 것 다 떠났는지 쪽달이 허기진다

지워지는 슬픔

전깃줄에 새들이, 어두워지는 시간에, 더욱더 어두워지
면서, 하나씩 지워지고

지워진, 그 자리에는 슬픔마저 지워지고

나물 파는 할머니들

이른 봄을 불러내 꽃들이 앉아 있네

세상에서 가장 귀한 꽃들이 웃고 있네

풋정 든 푸성귀들을 꽃들이 바라보네

왼손

왼손은 선량하다
자랑 없이 살아왔다
오른손이 하는 일
불만 없이 거들면서
그렇게 많은 날들을
왼편에서 서성였다

옹이를 키우다

찬 바람 몰아치는

겨울 산 가보아라

혹한을 견디면서

나무들 몸 비비는

그 소리

눈 속에 묻고

옹이를 키우고 있다

그대에게 묻노니

생나무 한 토막을

그대가 쪼갰는가

쉽게 태울 수 없어

더 잘게 쪼갰는가

다 타고

재가 되어서

그대에게 묻노니

소금 창고

내 마음 깊은 곳에
소금 창고 한 칸 짓고 싶다
비좁고 허름하지만
왕소금으로 가득 찬
그 창고
문을 밀치면
큰 바다가 세상 뒤집는

유구무언

물은 높은 곳에서 낮은 곳으로 흘러가시고

산은 낮은 곳에서 높은 곳으로 오르시고

사람은 욕심이 많아 이도 저도 못 하시고

선암사 무우전無憂殿에서

잎 진 가지 사이로
겨울비 내린다
젖어 넉넉한 건
깔려 있는 나뭇잎
무우전 추녀 밑에서
침묵의 귀를 키운다

할미꽃

산비탈 오르다 만난

무덤가 꼬마 할미꽃

무덤 안 할머니

무척이나 작으셨나

어머니

병중에 작아져

살아서도 할미꽃

목련꽃 지는 오후

목련꽃 지는 오후
옆집 부부 목청 높다
꽃 필 때 못 보던 것을
꽃 질 때 보았을까
봄바람
지나다 말고
꽃잎 하나
더
떨군다

오래된 슬픔

오래된 슬픔은 왜 눈물이 없는가

설익은 밥처럼 명치에 걸리는가

척추를 타고 오르며 휘청이게 하는가

풀

이름 모를 풀이라 해도 함부로 밟지 마라 아버지는 아
버지의 이름 모르는 이들에게

밟히며 짓밟히면서 이름 없이 사셨단다

빙폭 氷瀑

하얗게 얼어붙은

그대의 뜨거운 심장

여기서부터 묵언이다

조금씩 녹고 있다

사랑은

빙벽에 스며

겨울 햇살 불러들인다

봄 나그네

서낭당에 소원 빌고 나도 한 잔 음복했다 신선이나 되
자고 솔바람에 취해 잤다 선잠 깨 눈을 떠보니 개살구꽃
그늘 밑

운주사 석불

서 있거나
앉아 있는 것보다
누워 있는 것이 좋지

체면치레 행색보다
머슴 부처가 홀가분하지

망가진
얼굴일 바에
목 없는 세월이 낫지

입술 자국

선명한 입술 자국

그 시詩에서 보았다

시에도 입술 자국?

그 자국 선명하다

그이의

마음 복판에 찍혀 있는 입술

2부

바윗길

바위가 막는 곳에
또 다른
길이 있다

바위가 길이 되어
사람을
걷게 한다

외로운
바위로 남아
길이 되는 사람 있다

바위와 소나무

바위와 소나무

함께 못 살 것 같지만

바위에 솔씨 떨어져

말없이 안기면

신랑이 신부를 맞듯

바위가 몸을 연다

하얀 뱃바닥

갈매기 뱃바닥이 하얗다고 그녀가 말했다

나는 음란하게 그녀의 배가 하얗겠지 마음먹었다

철 이른 봄 바다를 보며 배가 고픈 것이었다

푸른 죄

무덤가 잔디가 시름시름 죽어갔다 절개 굳은 소나무의
짙은 그늘 때문이있다

소나무, 잘려 나갔다 사철 푸른 것이 죄였다

징검다리

이 몸, 숨 쉬는 돌로
징검다리가 되었으면
차갑고 무서울수록
절대 겁먹지 않고
모두 다
밟고 가도록
단단한 힘이 됐으면

저녁 산

어둠이 내려오니
산들이 누워버렸다
얼떨결에 갇혀버린
어린 돌부처 하나
계곡을 타고 흐르는
물소리, 갈 길 간다

적멸시편

산에 가서 누구는
겸손을 배운다지만
산정山頂에 홀로 올라
사라짐을 배웁니다
바람 앞
티끌이 되어
흩어지는 나를 봅니다

가을 타는 너

나뭇잎이 떨고 있다
너 또한 떨고 있다
무성한 여름 숲에서
만났던 비의 추억들
이 가을
깊은 가슴에
떨면서 떠올린다

겨울 간이역

나를 버리러 왔다가 너무 쓸쓸해

차마 버리지 못하고 다시 챙겨 돌아선

바닷가 겨울 간이역 첫사랑 언 새벽

겨울날

두 무릎 푹푹 빠지는
겨울 산으로 들어가

바위에 부딪히고
나뭇가지에 찢기어

얼어서 더욱 빛나는

낭자한

꽃이었으면

나무 아래

－어머니

당신이 떠나신 지 두 겨울이 옵니다

부스럭대는 낙엽 위에 한두 줄 사연 적어

언 땅을 딛고 서 있는 밑동 아래 묻습니다

김삿갓 묘비

영월군 김삿갓면 생오지 찾아가면

삐딱하게 서 있는 비문 없는 비석 하나

김삿갓 묘지 앞에서 제멋대로 삐딱한

으악으악

민둥산 억새밭에 으악으악 으악새 울면

내 청춘도 한때는 줄기러기 멤버였지

까르륵 눈물 나도록 사무침에 배곯았던

초가 한 채
－수덕여관

소나무 그늘 끝에
잘생긴
초가 한 채

야무진
솔방울이
슬쩍,
떨어진다

그리움

속으로 안고

無心, 바라본다

꿈꾸는 와불

그대는 정녕
정녕 그대는

먼 길을 걸어 걸어
고단한 꿈 눕히셨나요

꿈 밖에
흩날리는 꽃잎
모두 다 보셨나요

낡은 의자*

그가 손수 짰다는

나무 의자 놓여 있다

한때는 함께 놀며

책을 읽고 밥을 먹던

행걸行乞 간 동무가 없어

의자는 심심하다

* 송광사 불일암에 법정 스님이 손수 짠 나무 의자가 혼자 남아 있다.

노숙

노숙은 거리에만 있는 것이 아니다

집 안으로 야금야금 노숙자가 들어왔다

마음이 집을 비우면 그때부터 노숙이다

두만강의 봄

여보게 무딘 쟁기라도 서둘러 꺼내보게

얼어붙은 땅거죽 갈아엎어야 하지 않겠나

겨우내 웅크린 풀잎들 기지개를 켜고 있네

겨울 산에서

속살까지 환하게 내보인 겨울 산이

눈이 내린다고 속곳 같은 눈 내린다고

혹한을 장군죽비 삼아 등짝을 내리친다

어둠 속의 길

때로는
어둠 속 길도
내 몸과 같아서

무턱대고 발 내딛기보다는
헛기침이라도 한번 해주면

발아래
깔리는 낙엽 되어
따스한 힘이 되리

산 오르기

높은 산 오르려면

꼭대기를 바라봐선 안 돼!

두 발 든든하게 받쳐주는

땅 힘과 눈 맞추고

마음을 낮추고 낮춰

쉼 없이 걸어야 해!

개심사 연못

개심사 연못으로
하늘이 내려왔다
가을 잎이 날아와
무심히 스치는 순간
고요한 하늘 중심이
움칠, 놀라 흔들린다

3부

홍매

이런 봄날 꽃이 되어

피어 있지 않는다면

그 꽃 아래 누워서

탐하지 않는다면

눈보라

소름 돋게 건너온

사랑인들 뜨겁겠느냐

가랑비로 오셨네

가랑비 눈물 끝에 어미니 웃으시네

—는개, 눈치채고 길을 조금 내주네

산마을 고샅 찾아와 조곤조곤 마실 도네

냉이꽃

들꽃으로 피어나 저 혼자 흔들린다

바람이 불어오면 잘게 잘게 부대끼면서

봄 한 철 짧은 생애를 천 년인 듯 살고 있다

꽃 되어 지던 것을

늦가을 나뭇잎이

떨어졌을 뿐인데

여윈 몸 가뭇없이

떨리는 까닭은

그대가

피는 봄날에

꽃 되어 지던 것을

떨고 있는 그리움

여름은 셀 수 없이
많은
햇살 묶음

가을은 한 사람의
마음이
마른 남자

겨울은
문밖에 서서
떨고 있는
그리움

여름밤

후드득
지나가는
여름밤의
빗방울

연잎에
뒹굴뒹굴
어여쁘지
않으랴

어젯밤
홑이불 덮고
나도 밤새
뒹굴었다

밤꽃 향기에 혹, 했을 때

물소리 옆에 끼고
산길 오르는데
밤꽃 향기
확!
몰려와
길을 막고 희롱한다
망초꽃
노란 속살이
민망한지 숨을 멎고

산국

산길 오르다 만난 산국

바위틈에 홀로 피었다

벌 나비 찾지 않아도

고요, 너무 찬란해라

그 순간

아찔한 벼랑!

내 몸이 나비가 된다

편지 받고

그렇게 살아갈 날들 얼마나 있을까요

몇 줄의 편지 받고 지난 일을 생각합니다

비 오고 지친 마음이 창을 조금 닫습니다

고요

-물봉선

안개비 한입 적셔 다물지 않기로 했다

계곡물 졸졸대며 乳腺 타고 오르는

한낮의 고요 속으로 고요가 되는 순수

도화마을

봄비에 젖어가는 산마을 적요하다

도화는 필락 말락 입술을 달싹이고

송아지 어미 소 따라 느리게 걸어간다

야생화에게

말하지 않아도 사랑이란 걸 알아요

바람에 흔들리며 피어 있는 외로움

창 열린 낯선 민박집 별을 헤던

그날 밤

콩눈

개망초 피었네요 돌아오세요 어머니

돌아와 나랑 함께 계란꽃 놀이 해요

잠자리 콩눈 굴리며 까불까불 날지 않나요

금강교 오색등

오대산 깊은 골에

당신 기다린다면

비로봉 회리바람

바람꽃으로 피어나

금강교 오색등 흔들리듯

간절,

간절하리니

가을 깊은 밤

은행잎
제 무게 못 이겨
지고 있는 가을 깊은 밤
나에겐
외로움도 위안이 되지 못했다
어두운
하늘 저편에
별똥별이 지고 있을 뿐

봄밤, 낯선 곳에서

꽃자리에 등불이
환하게 걸려 있다
바람 불어도 꺼지지 않고
밤 깊어도 흔들리지 않고
등불은 꽃이 되어서
나와 함께 밤 지새운다

한 개의 성냥개비가 피워낸 짧은 詩

불꽃이 피어오르면
얼마를 가리
심청의 인당수 태우지 못하고
내 푸른 넋도 태우지 못해
타는 너
부질없어라
참숯이 되거라

첫사랑 단풍

내설악 들어섰더니
첫사랑 단풍
거기 있었네
스무 살 첫눈 맞던 날
눈발 따라 떠난 그대
붉은 멍
가슴 그대로
눈꽃으로 피고 있었네

슬픔의 뒷모습

슬픔이 너무 많아 내 몸이 버겁다

아무래도 조금은 버리고 가야겠다

두고 온 슬픔의 뒷모습 돌아보니 아리다

단풍

당신도 처음에는 연초록 잎새였다

너와 나

사랑으로 뒹굴고 엉클어질 무렵

목이 타

붉게 자지러져

숨이, 탁!

끊긴다

4부

간절한 그리움

오체투지 산 오르는 그대 모습 아름답다

온몸이 소금투성이 그 목숨 목마르다

간절한 그리움이란 육신으로 말하는 것

절벽

우리 앞을 가로막는
절벽은 있어야겠다
사정없이 후려치는
바람에게 뺨 맞고
쓰러져
기댈 수 있는
막막함 있어야겠다

면벽 面壁

벽 하나 뚫었는데 사방에 벽이 생겼다

뚫는 재미 솔찬한데 뚫을수록 막힌다

벽 속의 즈믄 바다로 익사하는 즐거움

화답

何必이면 왜 不必*인가요
큰스님**께 여쭈었다

하필을 알게 되면
불필을 깨달을 것이다

친딸과 친아버지가
오랜만에 함께 웃었다

* 불필 스님.
** 성철 스님.

추석 무렵

내가 사는 아파트 단지 감이 많이 열렸다

가까이 가 얼굴 보니 시골 동무처럼 못난 풋감

볼그레 꼭지서부터 익어가는 것이었다

모과
-우걸에게

친구가 택배로 보낸

잘생긴 모과 네 알

한 알이 익기까지

십 년이 걸렸다

사십 년 햇살이 뭉쳐

향을 품고 있었다

태백산 주목의 말

얼마를 더 머물겠느냐

죽은 나무에게 물었다

곁에 있던 생나무가

별것 아니라는 듯 답했다

살아서 천년을 있었으니

그다음은 잘 모르겠다

겨울 횡계

대관령 아랫마을 횡계에 달이 떴다

달빛 언저리를 씻어주는 맑은 바람

그 사랑

어루만지듯 산그늘 그윽하다

형*

형은 갔다 이월에
내년 봄에
오겠다고

형은 말이 없었다
이기고 돌아온다고

기어이
오겠단 말 참고
늦게라도 오겠단다

* 이성부 시인(1942~2012).

겨울 산동마을

겨울 햇살 퍼런 하늘
산수유 열매 붉어라
기약 없이 떠난 지아비
산을 넘고 또 넘었겠지
밤눈이 쏟아지려나
지리산
휘젓는 바람

연꽃

연꽃은
아무 곳에서나
함부로
피지 않는다

초록 잎에
흙탕물 뿌려도
은구슬 굴리는 걸
보면 안다

진흙 속
두 발 담그고
즐거워하는
아,
즐거워하는

가을 이별

당신이 떠나가듯
낙엽이 지고 있습니다
내일은 이 바람도
더욱 차게 불겠지요
그리워 지지 못한 잎
그마저 떠나겠지요

지상의 식사

지하도 계단에서

손 내밀던 그 노파

내가 가던 횟집에서

고등어조림 드신다

지상의 한 끼 식사는

성스러운 예배였다

하산 下山

세상에서 가장 무거운
내 육신의 눈꺼풀

세상에서 가장 빠른
잡을 수 없는 세월

하산길
돌 틈에 낀 가랑잎이
내 발목을 잡는다

독거노인

가족 없이 병든 방에
겨울 가고
봄이 왔다

창밖 저 꽃은 개나리
제비꽃, 이쪽은 민들레

아니면
집 나간 자식이거나
먼저 간 영감이거나

허물

매미는 미련 없이 제 허물 벗고 나와

푸르른 한 생애를 울음 울다 가는데

나는 왜 허물을 지고 울지도 못하는가

시 한 줄

집 한 채 짓고 살기
한평생 걸린다지만
마음에 시 한 줄 짓고 사는 일 얼마나 쓸쓸한가
각박한 세상살이에
웬!
시 한 줄이라니

날개

상원사 돌계단에 당신 앉아 있다면 비로봉 바람 되어
널 안고 비천飛天하리 적멸의 하늘 끝까지 떠오르는 날개
되리니

나를 보네

흐르는 물가에 앉아 흘러온 나를 보네

그림자로 유영하는 버들치들 몰려오네

하늘이 낮게 내려와 여윈 등 어루만지네

너라는 단풍

이제 너의 불붙은 눈 피할 수 없다

감춰야 할 가슴 묻어둘 시간이 지나갔다

그 누가 막는다 해도 저문 산이 길을 트고 있다

5부

내 안의 당신

강을 건넜으면 나룻배를 버려야 하듯

당신을 만났으니 나를 버려야 했습니다

내 안에 자리한 당신 바로 나이기 때문입니다

참 맑은 어둠

사랑을 버리고 싶다
버릴 사랑
어디 있느냐

백담사
굽이 오름길
어둠이
참 맑다

스님은
혼자 서 있고
산은
여럿 모여 산다

산음山陰에서

산그늘 예쁜 자태

경기도 양평 산음마을

내 지친 사랑 한 올

그 그늘에 놓아두네

양지만 보고 달렸던

목마름도 놓아두네

추석 전야, 어머니

섬진강, 그 가난한 마을 속으로
밤기차가 지나간다

섬진강, 그 가난한 마을 속으로
마지막 버스가 지나간다

내 설움,
여기쯤에서 그만둘 걸 그랬다

맑은 날

비 온 뒤 산길 오르면
맑은 산 잘 보인다
그 산이
너무 맑아
내 부끄러움
잘 보인다
이런 날
산행 멈추고
한 그루 나무이고 싶다

산역 山役

참으로 싱그러운 일이다

등성이 타고 오르는

바람과 함께 실려 보내는

새로운 출발의 삽질

참으로 싱그러운 일이다

등성이 타고 오르는

젖어서 흔들리는

한길가
코스모스
가을비
맞고 있다

가녀린
너무 가녀린
여린 몸짓
젖고 있다

젖어서
흔들리는 건
사랑만이
아니라고

무술영화처럼

앙상한 대추나무 한 그루
눈 올 듯 흐린 하늘
산역山役 간 마을 사람들
반쯤 취해 돌아오고
산흙도 덤으로 묻어오고
〈사자 매장死者埋葬〉 서서히 멈추는
자막字幕

봄날 저물녘

꽃들은 저들끼리

찬란하게 피어나서

누군가 흐느껴 막아도

소리 없이 지고 있다

여윈 봄 먼 길 가다가

날이 저물 때였다

겨울 용문사에서

당신이 내 어깨 위
눈으로 내린다면

천년 은행나무 아래서
하염없이 눈을 맞으리

천년의 눈을 맞으며
천년의 겨울 견디리

스님의 가을

석가는 정년퇴직
예수는 명예퇴직

단풍잎
산을 버리고
먼
여행
떠나시네

스님은 어떠신지요
나야
뭐
가을
아닌가

반쪽 땅

회령시가 건너 보이는

두만강 변 밥집에서

푸짐한 꿩고기

밥상을 받아놓고

다 닳은

지도를 펼쳐

짚어보는 반쪽 땅

빈 잔

그대
떠난 자리에
낙엽이 지고 있다
가을은 혼자 아니라서
슬픔까지 껴안는다
찻잔엔 바람 머물다 가고
빈 잔으로 남는 나

벼락같은 詩 한 줄

벼락같은 詩 한 줄

불면으로 찾았는데

공복의 새벽 골목

긴 외투 질끈 묶고

누더기

노숙의 사내

햇살 품고

서 있다

장백폭포

목어는 속 비워야

소리가 맑아지고

밴댕이 속 좁아서

망망대해 제 것이다

장백산

一字 폭포는

떨어, 떨어져야

수몰 이재민

헤어지는 것이
아니야
그냥 어디쯤
가는 길이야

되돌아보면 안 돼
흔들리는 마음들

동여맨
세간살이마냥
꽁꽁
묶여 있어야 해

편지

어제오늘
가랑비
두어 번 뿌리더니
새벽엔
가슴팍이
제법 서늘하네요
늦더위
혼자 삭이며
읽고 또 읽는
너의 편지

죽음 그 후

너와 나 강이 되어 땅 깊이에서 만나리

흙 속에 살을 섞으며 잡초라도 가꾸리

흰 뼈로 뒹굴다 보면 바람처럼 만날까

존재의 근원을 탐색하는 정형미학

이송희 **시인**

1. 길 위에서 만나는 얼굴들, 그 달관의 미학

모든 이미지는 유한하고 일시적이다. 그러나 영원하고 무한한 실체가 되는, 궁극의 기쁨에 이르면 언어는 흔적도 없이 사라진다. 어떤 언어로도 표현할 수 없는 궁극의 실상을 깨치게 된 것이라 할 수 있다. 언어가 사라졌다는 것은 결국 모든 이미지가 사라졌다는 것을 의미한다. 모든 이미지가 사라져버리는 세계는 불교에서 이야기하는 열반, 무아의 경지다. 김영재 시인이 자주 찾는 '산'은 예로부터 명상의 장소이며 수행의 장소다. 그곳에서 그는 무수한

풀숲과 나뭇가지들을 헤치고 산을 오르내리며 진정한 자아를 발견하고자 한다.

세상은 자기 자신을 비추는 거울이라고 했다. 김영재 시인의 이번 시집『히말라야 짐꾼』에는 세상을 통해서 본래적인 자신을 발견하며 깨달음을 얻은 사유의 시간이 차곡차곡 담겨 있다. 세상이라는 열린 창窓을 통해 보는 그 모든 것은 바로 나 자신이라는 것, 세상에서 그 무엇을 보든 그것은 바로 내가 선택한 나의 모습이다. 그래서 궁극적으로 '무한한 사랑'을 봤다면 진정한 자기 자신의 모습을 만난 것이라 할 수 있다. 신약성서를 살펴보면, 예수도 진정한 자기 자신을 찾기 위해 황야荒野에서 40일 넘게 방황했고, 붓다 또한 보리수나무 밑에서 수행하며 끊임없이 환영幻影에 시달렸다고 한다. 온갖 세속적인 쾌락의 덧없음을 통찰하기 위해 고행한 시간들은 결국 혼자만의 시간을 통해 진정한 자기각성을 이끌어낸다. 김영재 시인이 산에 오르는 것은 혼자만의 시간을 갖기 위해서다. 김영재 시인의 시가 단순한 구조 속에서도 빛나는 것은, 진정한 자아 발견의 깨달음을 얻기 위한 고행의 시간을 끊임없이 거쳐가면서 얻은 달관의 미학이 있기 때문이다.

1974년《현대시학》으로 등단한 김영재 시인은 그간 가난한 골목의 풍경과 어머니의 보금자리에 대한 그리움, 산행을 하면서 만난 나무와 꽃들에 대한 이야기 등을 비롯하여 자기 자신에 대한 성찰적 사유를 선보였다. 이 시집의 중심에는 산행을 통해 만난 자기 자신과의 대화가 놓여 있다.

김영재 시인이 주로 노래해왔던 외롭고 쓸쓸한 삶을 어루만지는 따뜻한 서정의 언어는 아직도 생생한 유년의 기억들, 마음에 묻은 어머니, 수장水葬된 고향에 대한 기억, 길에서 만난 풍경들과 동행하면서 시의 질료가 된다. 길에서 만난, 작고 소소한 것에서 오는 발견의 기쁨은 기억의 재생을 통해 현재로 걸러진다. 그의 시 쓰기 과정은 우리 시대의 정신적 살림살이를 깨끗이 닦고 눅눅한 바닥의 묵은 때를 벗겨내는 일과 같다. 따라서 그의 시를 읽는 일은, 잊고 지낸 낮은 자리의 삶을 우리의 감각과 기억 속에 되돌리는 의미 있는 과정이 된다. 가까운 기억들을 자신의 것으로 끌어안고 재현되는 이미지 속으로 독자를 끌어들이는 것이 김영재 시인의 시학이다.

낮은 삶의 바닥을 향한 시인의 통찰과 직관은 단수의 구성과 친근한 주변적 소재 차용으로 섬세하게 그려진다. 시인은 지나간 시간 중에서도 소소하고 일상적인 기억들과 손잡은 시간 속에서 깊은 사유와 서정의 풍경을 만들어내며, 스스로와 진정으로 화답하고자 한다.

2. 길에서 태어나는 시편과 반성적 사유

김영재 시인은 주말이면 산을 오르거나, 외롭고 고단하면 걷는 버릇이 있다. 걷는 일이 자신을 통제하고 규칙적으로 살게 한다는 믿음 때문이다. 시를 쓸 때도 그는 손을 깨끗이 씻고, 산길이나 시내를 걸으면서 속으로 중얼거리며 시를 음미한다. 그러다 버릇처럼 외우게 되면 옮겨 적을 정도이니 그의 시는 길에서 태어나는 셈이다. 몇 년 전어느 한 월간지에 '눈에 밟히는 옛길'을 연재하면서 걷는 즐거움에 빠졌던 시인은 연재가 끝난 지금도 주말이면 숨은 옛길을 찾아 버릇처럼 떠난다. 여전히 그 길목에서 '시詩'를 만나기 때문일까? 이미 관광지가 된 옛길부터 우리의 기억 속에서 점점 멀어진 옛길에 이르기까지 그의 발길은 그립고 외로운 것들을 향해 늘 분주하다.

높은 산 오르려면

꼭대기를 바라봐선 안 돼!

두 발 든든하게 받쳐주는

땅 힘과 눈 맞추고

마음을 낮추고 낮춰

쉼 없이 걸어야 해!
— 「산 오르기」 전문

  김영재 시인은 "높은 산 오르려면 // 꼭대기를 바라봐선
안" 된다고 말한다. "마음을 낮추고 낮춰 // 쉼 없이 걸어
야" 하는 것이지, 욕심을 앞세워서는 산을 오를 수가 없다
는 것이다. 항상 자신을 낮춘 자세로 산을 올랐기 때문일
까? 눈 덮인 죽령 옛길, 아득하고 그리운 대관령 옛길, 그
풍경들은 모두 시가 되었다. 시인은 그 옛길에서 어머니를
그리워하고, 사람들의 맑은 눈빛을 만나고, 또 여러 편의
시를 낳았다. 역설적인 말이지만, 그는 우리가 단단해지기

위해 오히려 "절벽"이 필요한지도 모른다고 말한다. 그래서 시인은 오히려 "바람에게 뺨 맞고 / 쓰러져 / 기댈 수 있는 / 막막"한 순간을 기다리는 이웃들을 바라보며 길을 걷고 있는 것일까? "떠나라 그대 떠나서 / 그쯤에서 걷는 일 // 걸어왔던 먼 길을 / 혼자서 돌아보라 // 벼랑도 그리울 것이니 // 참았던 눈물 힘이 되리니"(「눈물의 힘」)에서처럼 그의 시심詩心은 길을 떠나는 곳에서 싹튼다.

매미는 미련 없이 제 허물 벗고 나와

푸르른 한 생애를 울음 울다 가는데

나는 왜 허물을 지고 울지도 못하는가
　　　　　　　　　　　　　　　－「허물」 전문

'나'라는 존재, 그 자체가 허물이 아닌가. 내가 없어야 허물도 없는 것이다. 불교의 연기설緣起說을 다르게 말하자면 이 세상의 모든 것은 상호 의존성, 즉 유기적인 관계 속에 놓여 있다는 말이 된다. 네가 일어나면 나 또한 일어나고 네가 사라지면 나도 사라진다. 네가 있으므로 내가 있고 네가 없으면 나 또한 없는 것이다. 그러므로 세상과 독립된 존재로서 내가 있다고 생각하는 것은 허물일 수밖에 없다. '나'라는 인식, 세상과 분리된 존재로서의 '나'가 존재한다고 생각하면 허물이 만들어질 수밖에 없다. 세상은 모두가 하나의 존재인데, '나'라는 개체아個體我를 갖고 있다고 믿어버리면 카르마karma가 만들어진다. 그러나 엄밀하게 따지면 카르마 또한 '내가 있다' 라는 신념이 빚어낸 환영이다. 그저 이 모든 것은 궁극적 실재에서 빚어낸 단 하나의 꿈일 뿐이다. 매미가 "미련 없이 제 허물 벗고 나와 // 푸르른 한 생애를 울음 울다 가는데" 왜 자신은 "허물을 지고 울지도 못하는가" 의문을 품게 되는 이유가 여기에 있다. 이러한 반성적 물음으로부터 그의 사유는 시작된다.

세상에서 가장 무거운
내 육신의 눈꺼풀

세상에서 가장 빠른
잡을 수 없는 세월

하산길

돌 틈에 낀 가랑잎이

내 발목을 잡는다

  −「하산下山」 전문

   왜 시인은 "무거운"과 "빠른"이라는 형용사로 자신의 육체와 세월을 표현했을까? 하산하는 것은 속세로 내려가는 것이다. 깨달음을 얻었으니 이제 속세로 내려가 그 깨달음을 전하라는 의미다. 한의학 하는 어떤 스승은 한의학에 도통하고 싶다고 한 제자가 찾아오자, 창고에 가면 호미랑 바구니가 있으니 저 산에 들어가 이름 모르는 풀을 캐 오라고 했다고 한다. 그렇게 3년이 지나자 그에게는 이름 모를 풀이 더 이상 없었다. 저 산에는 이름 모를 풀이 한 포기도 없다고 하자 스승은 이제 하산해도 좋다고 했다는 이야기다. 3년 동안 거친 산을 헤매며 약초에 대해서 모두 다 알게 된 것이다. 비로소 그는 약초의 전문가가 되었다. 즉, 도통하고 깨달았을 때 하산하라고 한다.

   깨달음을 찾는 자에게 인생은 또 하나의 무한하고 영원한 배움터와 같다. 매 순간 신神의 존재를 확인하는 삶, 매 순간 사랑을 느끼는 삶, 사랑을 배우고 느끼고 사랑 속에서 인간이 완성되는, 불교적 사유로 이야기하면 무애無碍한 해탈의 경지에 다다르기 위한 깨달음의 과정이 곧 인생이라는 말이다. 즉, '나'라는 정체성이 사라지고 그것을 깨달음으로써 진정한 자신인 신神으로 깨어나는 것이다. 사랑은 항상 빛나고 있는데 빛을 가리는 것은 '개체아로서 내가 존재한다'는 거짓된 신념이다. 정신분석학에서는 그 개체아를 에고ego라고 부른다. 구름이 걷히면 태양의 실체가 드러나는 것처럼, 궁극의 실체로서 내가 깨어나면 내가 곧 태양이고 내가 곧 신이라는 것을 알게 된다. 이때 신은 모든 경계를 품고서 그 모든 경계를 넘어서 있다. 포월包越을 통해 진짜 자신의 모습을 깨닫게 된다. 기독교의 교리로 이야기하자면 무조건적인 사랑의 각성이다.

구약성서에 나와 있는 절대신 여호와의 모습은 유목민 족장의 모습과 닮아 있다. 여기에 그려진 신의 모습에는 그 어디에도 정착하지 못한 채 초원과 사막을 떠도는 유목민처럼 생존을 위해 토착민들과 갈등하고 투쟁하면서 드러나게 되는 분노하고 응징하는 인간, 시기하고 질투하는 인간, 편애하고 복수하는 인간의 모습이 고스란히 투사된 것이다. 그런 모습 자체가 당시 유대인들 부족장의 모습이 그대로 담겨 있는 것이라고 볼 수 있다. 신약성서에서 예수는 내 원수조차도 사랑하라고 하고 자신을 괴롭히는 사람들을 위해서 기도하라고 한다. 그것은 신의 모습에 대한 진정한 이해다. "세상에서 가장 빠른 / 잡을 수 없는 세월" 그 짧은 세월을 살더라도 뭔가 업보를 남기지 말고, 미워하거나 괴롭히지 말고, 미련이 남지 않게 사랑을 베풀며 떠나라는 말이다. 그런데 "돌 틈에 낀 가랑잎이 / 내 발목을 잡는다"라는 표현에서처럼, 화자는 아직도 뭔가 미련이 남는다. 그래서 시인은 "우리 앞을 가로막는 / 절벽은 있어야겠다"(「절벽」)고 말한 것인지도 모른다.

3. 정중동을 포착하는 관찰력과 사유의 미학

길을 걸으면서 김영재 시인은 정지되어 고요한 시간, 그러나 고요함의 내부에서 끊임없이 움직이는 존재의 몸짓들을 만난다. 시인은 '물봉선'을 보면서 그것이 거기에 존재하는 과정을 읽어내는 통찰력을 보여주고, '길가에 선 느티나무'를 통해 춥고 어두운 내면을 읽어낸다. 김영재 시인의 시는 이처럼 사물의 외면적인 모습을 넘어서서 그 본질적이고 내면적인 세계를 포착하려는 예리한 관찰력과 사유 가운데 태어난다.

안개비 한입 적셔 다물지 않기로 했다

계곡물 졸졸대며 乳腺 타고 오르는

한낮의 고요 속으로 고요가 되는 순수
   ─「고요─물봉선」 전문

이 시에는 정중동靜中動의 미학이 있다. 고요한 상태는
세상의 역동적인 변화를 자연스럽게 받아들이면서도 현
존재를 유지하며 자연스러운 변화를 두려워하지 않는다.
정중동이란 말의 의미는 바로 그런, 고요한 가운데 움직임
이 있는 모습이다. 깨끗함 속에서도 인간의 근원적인 욕망
을 내보이고, 맑음 속에서도 혼탁함이 있고, 정지한 듯 보
이면서도 끊임없이 움직이는 몸짓, 정중동의 세계를 김영
재 시인은 '물봉선'이라는 자연물을 통해 바라보고 있다.
바로 반야심경에서 이야기하는 '불생불멸不生不滅 불구부
정不垢不淨 부증불감不增不減'의 깨달음이다. 세상은 있는
그대로 이미 온전하다.

「고요-물봉선」에서 시인은 물봉선을 바라보며 고요 속에서 꿈틀대는 미세한 움직임들을 읽어낸다. 무등산 옛길 어느 산골짜기의 물가에서 물봉선을 만난 시인은 꽃의 외관과 속성을 그리면서 그 안에 시인의 내면의식을 자연스럽게 들어앉힌다. 가만있는 듯 보이지만 움직이는 자연의 아름다움 속에서 시인은 세상의 온갖 부정적인 이미지들을 씻고 자연의 순수함을 닮아가고자 한다. 자연 속에서 적막을 깨뜨리는 것이 아니라 적막 속에서 호흡하는 작은 움직임을 발견하는 시인의 시선에서, 우리는 겉으로만 드러나는 세계가 전부가 아니고 내면적으로 부단히 움직이는 모습 속에 진정한 자아와 순수한 정신이 깃들어 있음을 알게 된다.

안개비가 내린 무등산 골짜기에서 시인의 눈에 들어온 물봉선은 이파리 붉은 혓바닥이 촉촉하게 물기를 적시고 있다. 시인은 물봉선을 단순히 자연물로만 보지 않고, "계곡물 졸졸대며 乳腺 타고 오르는" 생명체로 인식한다. "날아가는 화살은 정지해 있다"라고 말한 제논의 역설을 뒤집어본다면, 정지해 있는 듯 보이는 물봉선도 시인의 눈에는 끊임없이 변화하는 생명체가 되는 것이다. 고요를 깨는 작은 움직임을 "한낮의 고요 속으로 고요가 되는 순수"로 인식하는 다소 역설적인 표현에서, 우리는 자연의 순수함을 내면으로 받아들이고자 하는 시인의 고매한 품성을 읽을 수 있다. 한낮에 시인이 발견한 기쁨은 고요한 정경 속에서 고요를 흔드는 작은 움직임이었던 것이다. 시인은 골짜기에 핀 물봉선을 단순히 거기에 피어 있는 자연 사물로만 보지 않고 "안개비 한입 적셔 다물지 않"는 모습이나 "계곡물 졸졸대며 乳腺 타고 오르는" 모습으로 포착해냄으로써, 보이는 것에만 익숙해져 진정한 내면의 모습을 미처 보지 못하는 현대인들의 성급함을 반성하게 한다.

그가 손수 짰다는

나무 의자 놓여 있다

한때는 함께 놀며

책을 읽고 밥을 먹던

행걸行乞 간 동무가 없어

의자는 심심하다

　－「낡은 의자」 전문

　김영재 시인의 「낡은 의자」 역시 사물에서 비롯된 생의
형식과 사유의 깊이를 견고하게 보여준다. 시인이 응시하
는 대상은 "낡은 의자"다. 나무로 된 낡은 의자에는 '그'가
만들었을 노고와 책을 읽고 밥을 먹고 함께 놀았던 시간
이 남아 있다. "행걸 간 동무가 없어 // 의자는 심심하다"라
는 종장의 구절에서 시인은 나무 의자에 감정을 이입한다.
시적 화자의 내면이 낡은 나무 의자처럼 오래되고 지치고
외롭고 쓸쓸한 존재라는 것을 알 수 있다. '행걸行乞'은 '탁
발托鉢'과 같은 말로, 도를 닦는 승려가 경문經文을 외면서
집집이 다니며 동냥하는 것을 말한다. 이러한 동무를 잃은
화자의 심정을 시인은 낡은 나무 의자를 통해 드러내고
있는 것이다. 여기서 '동무'의 부재는 라캉이 말했던 '타자
의 부재'이며 '결여로서의 욕망'이다. 타자의 부재는 존재
해야 할 것의 결핍이라는 부정적인 상황이지만, 추억을 무
한히 생성하고 그리움을 낳는다. "심심하다"는 것은 낡아
가는 의자의 충만한 자기 공백이며, 라캉이 말한 '욕망하
는 생산'이다.

낡은 의자의 주변에는 공허만이 남아 있다. 공허는 무無
라는 관념과 대립하기도 한다. 대상과 형식이 없는 현실이
'무'이지만, 모든 사물의 종자를 키우는 것으로 인식되기
때문이다. 괴테의 말처럼 "만약 어둠이 아무것도 없는 무
라고 한다면 어둠을 아무리 들여다봐도 아무것도 발견할
수 없어야 한다". 눈앞에 있는 것만이 전부가 아니듯이, 이
미 부재하거나 보이지 않는 것이라도 그것을 없는 것으로
치부할 수는 없다. 바람은 눈에 보이지 않지만 존재하듯이
보이지 않는 것이라고 존재하지 않는 것은 아니다. 비트겐
슈타인의 말처럼, 나뭇가지가 흔들리는 것은 바람이라는
보이지 않는 존재가 흔들고 있기 때문이다.

김영재 시인은 이 보이지 않음에 더 깊은 관심을 보인
다. "낡은 의자"와 "물봉선"에서처럼 보이지 않는 것, 이미
곁을 떠나가서 없는 것들 속에 놓여 있는 시적 대상의 내
부를 투시한다. "들꽃으로 피어나 저 혼자 흔들"(「냉이꽃」)
리는 존재들, "야무진 / 솔방울이 / 슬쩍, / 떨어"지는 것도
놓치지 않고 "그리움 // 속으로 안고 // 無心, 바라"(「초가
한 채—수덕여관」)보는 일은 시인의 몫이다.

4. 불일불이不一不二의 깨달음과 따뜻한 화합의 힘

何必이면 왜 不必인가요
큰스님께 여쭈었다

하필을 알게 되면
불필을 깨달을 것이다

친딸과 친아버지가
오랜만에 함께 웃었다
―「화답」 전문

시인의 사유는 '何必'과 '不必'에 대해 이야기하는 '화
답'의 장면을 보여주는 것으로부터 시작된다. 큰스님은
'하필何必'과 '불필不必'이 결국 불일불이不一不二의 관계
에 있음을 이야기한다. 어찌 필요한가 하는 물음에는 곧
필요하지 않은 것이라고 대답한다. 이는 결국 어찌 필요한
지를 알면 필요하지 않다는 것을 깨닫게 된다는 것을 의
미한다. 삶은 군더더기이자 애착, 그 자체다. 시인은 결국
궁극의 덧없음을 이야기하고자 한 것이다. 어찌 이것이 필

요한가, 어찌 이것이 욕망의 대상이 되는가를 자꾸 물으면 필요 없음을 알게 된다는 것이다. 물어보고 의문을 가지면 그것이 필요 없음을 알게 된다는, 깨달음이 있다. '하필'과 '불필'이 화답하듯, 친딸과 친아버지도 오랜만에 함께 웃음으로써 화답하는 장면이 자연스럽게 담긴다. 진정한 '화답'의 의미가 무엇인가를 곱씹게 한다. 이처럼 김영재 시인의 시는 끊임없이 걸으면서 어떤 대상과 '화답'하는 과정 속에서 태어난다.

사르트르는 『구토』에서 '마로니에 뿌리'를 묘사하며 시적 대상이 어떻게 스스로의 껍질을 벗고, 단순히 응시의 대상에서 존재의 대상으로 나타나는가 하는 것을 보여준다. 마로니에의 뿌리는 단순히 거기에 있음으로 인해 스스로를 내보이는 '있음'의 대상으로 변모한다. 이렇게 시적 오브제는 김영재 시인에게 나타난다. 진정한 의미에서 묘사로서의 시는 존재를 은폐하거나 부재의 허위를 증명해야 한다. 그것은 외관이 속성이나 실체를 가리고 있기 때문이다.

산에 가서 누구는
겸손을 배운다지만

산정山頂에 홀로 올라

사라짐을 배웁니다

바람 앞

티끌이 되어

흩어지는 나를 봅니다

      －「적멸시편」 전문

 '적멸寂滅'은 말 그대로 존재가 사라진다는 의미다. 여기서 존재의 사라짐은 무한의 경지에 이르렀음을 뜻한다. 나의 존재가 사라졌다고 하는 궁극적인 불교의 깨달음을 얻은 것임을 알 수 있다. 산꼭대기는 깨달음의 정점인데, 시인은 거기서 '겸손'을 넘어서는 '사라짐'을 배운다고 고백한다. "티끌이 되어 / 흩어지는 나"라는 존재를 발견하게 된다. 허물을 벗듯, 비로소 '나'를 발견하는 지점에 이른 것이다. 등산로는 다양한 종교에 빗댈 수 있다. 등산로는 다양하지만 등산로를 통해서 가고자 하는 산꼭대기는 동일하다. 그래서 이를 깨달음의 정수, 목적지라고 한다. 산꼭대기에 올라가면 결국 내가 사라지는, 궁극의 깨달음을 얻게 된다. 그런데 산이 높으면 골도 깊다고 한다. 우열을 가리는 것이 아니라 이것도 역시 불교의 연기설이다. 높고

낮음이 다 의미가 없는, 무등無等의 정신이 여기에 있다.

　　노숙은 거리에만 있는 것이 아니다

　　집 안으로 야금야금 노숙자가 들어왔다

　　마음이 집을 비우면 그때부터 노숙이다
　　　　－「노숙」 전문

'노숙'은 '노숙露宿'이기도 하지만, '노숙路宿'이기도 하다. 이슬의 특징은 금방 사라지고 증발되어 없어진다는 것이다. '길' 역시 오래 머물 수 없음을 뜻한다. 테레사 수녀는 "인생은 여인숙에서 잠을 자다 꾸게 되는 하룻밤 꿈과 같다"라고 표현하기도 했다. 시인은 "노숙은 거리에만 있는 것이 아"님을 깨닫는다. "마음이 집을 비"울 때 비로소 그때부터 노숙이 시작된다는 것이다. 마음이 일어나는 것 자체가 집이 없는 것이다. 마음에 쌓인 욕심을 버리는 지점에서 진정한 노숙이 시작된다. 여기서 '노숙'은 "바람 앞"에서 "흩어지는 나를" 보는 행위요, 진정한 화답에 이르는 길이다.

"때로는 / 어둠 속 길도 / 내 몸과 같아서 // 무턱대고 발 내딛기보다는 / 헛기침이라도 한번 해주면"서 시인은 "발 아래 / 깔리는 낙엽 되어 / 따스한 힘이 되"(「어둠 속의 길」)고자 한다. 혹시 나를 발견하지 못하고 걷는 사람들이 나를 알아볼 수 있도록 헛기침으로 내가 가고 있다는 신호를 보내야 한다. 어둠 속에서 걷는다는 것은 다른 사람도 어둠 속에서 걷고 있다는 것을 의미한다. 어둠 속에 걷는 것은 당신 혼자가 아니므로, 헛기침을 한번 해서 공유하면 힘이 되지 않겠는가 하는, 너와 나의 따뜻한 화합의 힘이 그의 시에 배어 있다.

김영재 시인의 시에는 이렇듯 존재하는 것들의 가치를 되묻게 하고 내면에 숨겨진 의미를 발견하게 하는 순수함과 열정이 숨 쉬고 있다. 시적 대상에 대한 깊이 있는 응시는 과거와 현재, 현실세계와 내면세계를 연결하고 자연과의 결속을 유도하며, 존재의 근원을 묻고 또 묻는 과정으로까지 이어진다. 대상을 통해 만나는 내면의 깊이와 사유의 언어들은 단수의 미학에 오롯이 담겨 적막을 깨는 움직임을 보여주고 있는 것이다. 이것이 바로 김영재 시인의 정형미학에 대한 '화답'이 아니겠는가.

5. 면벽수행과 자아성찰의 길

끊임없이 걷고 걸었던 길에 대한 반성은 벽을 마주하면서 더 깊어진다. 삶의 길에서도, 시 창작의 길에서도 수없이 마주치게 되는 벽들, 그 벽들을 바라보니 벽 하나가 뚫리고 또 벽이 일어선다. 그 벽과 벽 사이에 화자는 오롯이 갇혀 또 하나의 벽이 된다.

벽 하나 뚫었는데 사방에 벽이 생겼다

뚫는 재미 솔찬한데 뚫을수록 막힌다

벽 속의 즈믄 바다로 익사하는 즐거움
　　　－「면벽面壁」 전문

"벽 하나 뚫었는데 사방에 벽이 생"기듯 화자는 또 다른 벽을 마주하고 있다. 수행에 깊이 빠져들수록 어둡고 고요하고 밀폐되고 꽉 찬 듯한 세계를 만나게 된다. 더할 나위 없이 안정을 주는 이 찰나를 이 시는 "벽 속의 즈믄 바다로 익사하는 즐거움"으로 표현한다. 번뇌의 불꽃이 꺼져버린 그 순간에 찾아드는 정적과 평화로움의 세계에 잠기자 또 하나의 벽이 일어난다. 우리가 열반에 들었다고 말하는 세계가 여기 있다. 시인은 여전히 수행 중이다.

생나무 한 토막을

그대가 쪼갰는가

쉽게 태울 수 없어

더 잘게 쪼갰는가

다 타고

재가 되어서

그대에게 묻노니
−「그대에게 묻노니」전문

화자는 다 타고 재가 되었다. "쉽게 태울 수 없어 // 더 잘게 쪼갰"다는 과장된 표현 속에서 우리는 존재의 본질이 사라진 것을 경험한다. 나무는 살아가는 모든 생명체를 대유하는 대상인데, 이것을 잘게 쪼개 죽음에 이르는 과정을 묘사했다. 누군가의 죽음이 누군가의 탄생을 이끌어낸다. 나뭇잎이 떨어져 거름이 되어야 봄에 나무가 생기를 되찾을 수 있듯이 말이다. 그런데 재가 되었다는 것은 언뜻 보면 정기精氣가 소진되어 죽음에 이른 것처럼 보이지만, 실상은 또 다른 생명을 낳는 질료가 된 것이다. 이 시에서는 나무에 불이 붙이기 위해서 나무를 쪼개고자 한다. 불을 붙이는 것은, 살아 있음을 명징하게 드러내는 행위다. 나무의 죽음이 생존의 빛을 더한다. 다시 말해, 열심히 살아가고자 하는 생존에 대한 욕구는 죽음에 대한 욕구를 그 이면에 깔고 있다. 그리고 죽음에 대한 욕구 역시 생에 대한 욕구를 이면에 깔고 있다. 즉, 에로스와 타나토스는 공존한다. 생의 욕구가 강할수록 죽음에 대한 욕구도 강하다. 이 시는 죽음에 대한 메시지를 부각하면서 삶과 죽음이 결국 함께 존재하는 것임을 생각하게 한다. 그래서 '또 다른 생명을 잉태하기 위해 죽음을 재촉했는가'라고, 화자가 그대에게 묻는 것이다.

떠나라 그대 떠나서
그쯤에서 걷는 일

걸어왔던 먼 길을
혼자서 돌아보라

벼랑도 그리울 것이니

참았던 눈물 힘이 되리니
－「눈물의 힘」 전문

"걸어왔던 먼 길을 / 혼자서 돌아보"며 떠나는 일이야말
로 김영재 시인이 존재를 찾아가는 궁극적인 방식이 아닐
까. 그는 "벼랑도 그리울 것"이며, "참았던 눈물"도 힘이
될 것이라고 말한다. 지나왔던 모든 역경과 시련의 순간도
그리움이 된다는 것은 이제 그 시간으로 돌아갈 수 없을
만큼 많이 와버렸다는 것을 의미한다. 화자는 눈물을 참으
며 슬픔을 견뎌왔던 것이 아니라 어느새 초연해지고 익숙
해져 버린 것이다. 이 초연함으로 면벽수행의 길에 접어들

있던 것일까.

그 길목에서 시인은 "바람에 흔들리는 / 대나무는 君子"(「쌍계사에서」)임을 깨닫는다. "흔들리지 않으면 / 바람이 무안해"한다는 것을 안다. 그래서 "가던 길 잠시 멈추고 // 나도 조금 // 흔들"려본다. 『논어』에 나오는 '군자불기君子不器'란 말은 군자는 그릇과 같은 것이 아니라는 이야기다. 군자는 자신의 소용과 역할에 제약을 두지 않고 어떤 틀이나 규정에도 얽매이지 않는다. 즉, 내가 가진 편협한 기준과 소용所用을 깨트려 상대를 배려해주는 자세다. 그의 면벽수행은 나와 타인에 대한 배려에서 비롯된다. 나를 대하듯 타인을 대하는 낮은 자세에서 시인의 걷기는 계속된다.